Die Tsunge des Helden

Die Tsunge des Helden

eine Adventsgeschichte

Joachim Salmann

Impressum

Copyright: Joachim Salmann
Jahr: 2024

ISBN: 978-3-7693-1796-1

Illustrationen: Joachim Salmann mit Hilfe einer KI
Covergestaltung: Joachim Salmann mit Hilfe einer KI

Verlag: BoD · Books on Demand GmbH, In de Tarpen 42,
22848 Norderstedt, bod@bod.de
Druck: Libri Plureos GmbH, Friedensallee 273,
22763 Hamburg

Die Deutsche Nationalbibliothek verzeichnet diese Publikation
in der Deutschen Nationalbibliografie.

Edition Limitkunst

Die Edition Limitkunst bringt Bücher und andere kreative Werke von Menschen heraus, die eine Krankheit an ihr Limit gebracht haben. In diesem Limit drücken Sie künstlerisch ihre guten und schlechten Erfahrungen, Befürchtungen und Hoffnungen mit ihrer Erkrankung, dem Verständnis von Freunden und Familie und dem Gesundheitssystem aus.

Innerhalb dieser Edition Limitkunst möchte ich meine persönliche Geschichte erzählen. Zu Anfang der Corona-Pandemie war ich noch sehr aktiv, meine Ansteckung mit Covid19 hat mich aus dem Sattel geworfen, bei der Entwicklung zu Long Covid haben mich Ärzte, Therapeuten, Reha-Einrichtungen und verschiedene Behörden sowie Freunde und Verwandte mal besser, mal schlechter unterstützt. An vielen Punkten musste ich die Hauptrolle in meiner Geschichte anderen überlassen.

Die Geschichte wird in 24 doppelseitigen Kapiteln erzählt, so dass sie gut in der Adventszeit Tag für Tag gelesen werden kann, ohne den Leser zu überanstrengen.

Inhalt

Ein Held in den besten Jahren 9

1   Die Tsunge des Helden 12

2   Die Tsunge der Zufällen 14

3   Die Tsunge der Kellen....................16

4   Die Tsunge der Braunellen....................18

5   Die Tsunge des Hellen 20

6   Die Tsunge der Grellen 22

7   Die Tsunge der Pastellen..................... 24

8   Die Tsunge des Melden.................... 26

9   Die Tsunge der Libellen....................28

10   Die Tsunge des Rebellen....................30

11   Die Tsunge des Gesellen....................32

12   Die Tsunge des Intellektuellen 34

13   Die Tsunge der Speziellen 36

14   Die Tsungen der Forellen 38

15   Die Tsungen der Sardellen 40

16   Die Tsungen der Wellen 42

17   Die Tsungen der Marschällen 44

18   Die Tsunge der Bordellen 46

19   Die Tsunge der Schnellen.................... 48

20   Die Tsunge der Quellen 50

21   Die Tsunge der Kapellen....................52

22   Die Tsunge der (Schutz-)Wällen 54

23   Die Tsunge der Rituellen 56

24   Die Tsunge in den Ställen....................58

Der Held im Hain.................... 60

Ein Held in den besten Jahren

Ich bin Joachim, ein Held in den besten Jahren. Eigentlich ist es meine Aufgabe, durch die Welt zu ziehen, Drachen zu besiegen und Jungfrauen zu retten.

Ihr fragt Euch vielleicht, wo es in unserer Zeit noch Drachen gibt? Oh je, wo fang ich da an? Es gibt in der weiten Welt viele kampflustige Drachen, die einfache, unschuldige Machthaber und schwierige, böse Diktatoren auf die verrücktesten Ideen bringen. Denn sonst würde doch kein Mensch freiwillig Kriege führen, militärische Auseinandersetzungen beginnen oder Terroranschläge verüben.

Dann gibt es noch die Drachen, die mit ihrem Feueratem die Luft so nachhaltig verpesten, dass nicht nur das Wetter eintrübt, sondern sogar das ganze Klima vergiftet. Diese Erderwärmung kann verhindert werden, wenn die Drachen weniger Feuer speien müssen. Sie können doch auch friedlich im Einklang mit ihrer Umwelt leben und die Natur schützen und genießen.

Manche großen und kleinen Drachen schlagen unerwartet und plötzlich zu. Sie bringen feurige Berge zum Explodieren, volle Flüsse und Seen zum Überlaufen, reife Ernten zur Vernichtung, trockene Wälder zum Brennen. Selbst gegen solche Katastrophen kann ein Held sich rüsten und bei Bedarf Hilfe bringen.

Heimlicher ist eine andere Art von Drachen unterwegs. Sie tragen gefährliche Krankheiten wie Pest und Cholera von Haus zu Haus. Manchmal werden nur einzelne Menschen betroffen, manchmal leiden ganze Landstriche oder gar die ganze Welt darunter. Manche Menschen gesunden bald wieder, manche sterben einen qualvollen Tod. Manchmal aber hinterlässt der Drachenatem unauslöschliche Spuren.

All diese Drachen gilt es aufzuspüren, zu besänftigen und zu besiegen. Damit ist die Aufgabe eines Helden in den meisten Geschichten erfüllt. Doch nicht in meiner. Denn gefährlicher noch als die ganzen großen, gefährlich aussehenden Drachen sind die kleinen, unsichtbaren Drachenfeuer. Wenn Drachen in Kriegen, Umweltverschmutzung, Naturkatastrophen oder Krankheitsepidemien mit ihrem Feueratem alles vernichten, bleiben nicht nur verkohlte Überreste übrig. Nein! Es bleiben in den Menschen noch die unsichtbaren Drachenfeuer.

Diese brennen ein tiefes Loch in die Seelen und wüten dort im Unsichtbaren immer weiter. Viele Helden sehen diese Drachenfeuer nicht, sie leugnen sie und behaupten sogar, dass diese nur eingebildet wären. Sie bekämpfen vielmehr die, die diese Drachenfeuer wahrnehmen, und merken dabei nicht, dass sie den Drachenfeuern damit erst recht Zunder geben.

Auch in mir brennt so ein Drachenfeuer. Mehrere der großen Drachen haben da Spuren hinterlassen und jetzt brennt ein Drachenfeuer tief im Loch meiner Seele. Es gibt nicht viele, die es sehen können, und noch weniger, die helfen können. Ob und wie man es löschen kann, weiß sowieso noch keiner. Aber man kann es eindämmen, verhindern dass es weiterwächst. Ich bin nicht mehr der Held von früher.

Ist damit meine Aufgabe als Held erledigt? Ich denke, sie fängt gerade erst richtig an. Ich muss nicht mehr durch die weite Welt ziehen, dunkle Drachen besiegen und unschuldige Jungfrauen retten. Durch die Welt ziehen geht oft gar nicht mehr, wenn ein Drachenfeuer brennt und die Kraft schwindet. Manche gefährlichen Drachen sind mir inzwischen zu groß. Ich kann nicht mehr jeden dunklen Drachen bekämpfen und besiegen.

Und Jungfrauen? Viele hübsche Jungfrauen - und ehemalige Jungfrauen - kamen den großen Drachen zu nahe. In ihnen brennt jetzt das gleiche Drachenfeuer, das ich nur zu gut kenne. Und dann darf ich den Jungfrauen doch zeigen, dass sie nicht allein sind. Wenn ich auch das Drachenfeuer nicht löschen kann, so kann ich ihnen doch helfen, ihr Drachenfeuer zu bekämpfen. Ich kann weiter verloren geglaubte Jungfrauen retten.

Wie gesagt, ich bin ein Held in den besten Jahren.

1 Die Tsunge des Helden

Es war einmal ein Held, der sich nach einem so halbwegs gelungenen Abenteuer freute, wieder zu Weib und Kind nach Hause zu kommen. Er freute sich darauf, am heimischen Herdfeuer seine frischen Wunden kurieren und von seinen Heldentaten erzählen zu können.

Doch kaum waren die schlimmsten Wunden versorgt und seine Leibspeise fertig gebacken, um die Heimkehr feiern zu können, da erscholl erneut das Horn des großen Königs, um alle wehrfähigen Mannen des weiten Reiches zum Schutz gegen den Dunklen Drachen aufzurufen.

Natürlich war der Held einer der ersten, der den gefährlich aussehenden Drachen zu Gesicht bekam. Er zögerte keinen Augenblick, sein Schwert zu ziehen. Wie leuchteten seine Augen im Kampf! Und doch war der Drache stärker. Nach einem heftigen Kampf verbrannte er mit seinem Feueratem das Herz des Helden.

Die Soldaten des Königs konnten ihn von der Schwelle des Todes retten und ins Lager zurücktragen. Der mächtige Hofmagier konnte den Helden in letzter Sekunde retten und ihm das Leben bewahren. Einzig die Zunge des Helden vermochte er nicht zu heilen.

Das Drachenfeuer hatte aber nicht nur sein Herz verbrannt, sondern es schwelte auch weiterhin und war nicht zu löschen. Es hätte den Helden nach und nach zerfressen, wenn er ihm mit seiner nassen Zunge nicht immer wieder Einhalt geboten hätte. Dabei verzischte die Spitze der Zunge zu einem lauten Ts.

Die Tsunge sah sehr dunkel und missgestaltet aus. Mit dieser Verunstaltung wollte er dem großen König und seinem Hofstaat nicht mehr vor die Augen treten. Daraufhin wandten sich viele alte Kameraden hilflos ab und der Held wurde nie mehr zur Verteidigung des Landes gerufen.

Der Hofmagier war sich sicher, dass das Leben auch für den Helden noch eine Aufgabe bereithielt. Doch konnte er ihm nicht sagen, welche. Auch hatte er noch nie so eine merkwürdige Tsunge gesehen, die musste doch für einzigartige Aufgaben gut sein. Bestimmt konnte man damit andere Worte finden und andere Sprachen sprechen. Doch welche und wie?

Und so machte sich der Held auf den Weg.

2 Die Tsunge der Zufällen

Es war ein wunderschöner Nebeltag im Reich des Königs. Die bleiche Sonne hatte sich mal wieder im löchrigen Netz des Fischers verfangen, der über die Wolken segelte.

Die Vögel schwammen vergnügt im roten Wasser, die Schnecken hüpften munter von Blatt zu Blatt und die Schildkröten jagten sich wild über die Hecken. Der Löwe schlug frische Haken in die Wand, um dem Hasen entgehen zu können. Doch der schattete sich gerade unter einem Gänseblümchen. Zufälle gibt es, die glaubt niemand.

„Wo bin ich denn hier jetzt?" Der Held wunderte sich über den merkwürdigen Anblick. „Hier" gurrte eine Taube. Und „Jetzt" fügte die Blinde hinzu. „Hörst Du das denn nicht?", fragte die Stumme. Als ob der Anblick der Landschaft den Helden nicht schon genug verwirrt hätte, konnte er mit den Stimmen so gar nichts anfangen.

„Keine Angst!", surrte eine Stimme am Ohr des Helden: „Ich bin kein Ohrwurm!" Das Wesen an seinem Kopf kroch in das eine Ohr hinein und zum andern wieder hinaus. „Habe ich es mir doch gedacht! Du hast nicht nur eine Tsunge, sondern auch zwei Ohren.“ Der Held schüttelte den Kopf voll Überraschung, dass das Wesen fast heruntergefallen wäre.

„Sicher hat Dir mein kleiner Bruder, der Tatzelwurm, das Herz verbrannt. Ein Wunder, dass Du es überlebt hast. Aber jetzt hast Du eine Tsunge und zwei Ohren“. Die Geschichte mit dem Drachen hatte sich offensichtlich bis in diese merkwürdige Gegend herumgesprochen.

„Darf ich mich übrigens vorstellen? Ich bin ein Regenwurm und viel mächtiger als mein kleiner Bruder. Wenn er seinen Rachen aufreißt, kommt nur Feuer hervor. Wenn ich aber meinen Rachen aufreiße, fällt Regen. Regen ist stärker als Feuer. Ich kann sogar Steine in lebenden Humus verwandeln.“ Für so ein kleines Ding war der Regenwurm ganz schön selbstbewusst.

„Und Du bist jetzt nicht mehr ein normaler Held, sondern ein Held mit einer Tsunge und zwei Ohren. Du hörst die Welt nicht mehr wie ein flüchtiger Abenteurer, sondern so, wie es richtig ist.“ Der Regenwurm hatte eine komische Vorstellung davon, was richtig ist.

Der Held dachte lange über die Worte des mächtigen Regenwurms nach. Und als er endlich antworten wollte, war der Wurm schon weitergekrochen.

3 Die Tsunge der Kellen

Das Weib des Helden war genervt. Sie hatte ihn in seiner Rolle als einsamer Held kennen und lieben gelernt. Er liebte auch sie und ihr gemeinsames Kind aus ganzem Herzen. Doch war sie es gewohnt, dass ihr Männe regelmäßig vom König einen Auftrag erhielt, die Welt zu retten, als Held gefeiert wurde und selten daheim war.

Doch seit dem Kampf mit dem Dunklen Drachen und dem Besuch des Regenwurms hing er den ganzen Tag vor der Hütte herum und hielt Maulaffen feil. Irgendwann hielt sie es nicht mehr aus. So konnte es nicht weitergehen.

„Was hältst Du denn davon, auch mal was zu tun? Du könntest mir wenigstens im Haushalt oder in der Küche helfen. Kellen schwingen wirst Du ja noch können!", warf sie ihm entgegen.

Sie wollte schon verärgert weitereilen, da sprach er mit seiner Tsunge. Sie konnte die Worte nicht verstehen. Doch den Sinn verstand sie besser als jedes klare Wort zuvor.

Der Held trauerte um sein verbranntes Herz, der Held misstraute dem Hier und Jetzt. Er konnte seine Aufgabe als Held nicht mehr erfüllen, überhaupt nicht mehr viel tun. Aber er konnte zuhören. Und auch seine Tsunge sprach in interessanten Farben.

Sein Weib fragte immer öfter ihren Helden: „Was hältst Du von diesem und jenem?" Er hatte neue und interessante Gedanken und konnte sie bildhaft ausdrücken. So ließ sie öfter ihre Kelle ruhen, um ihm zuzuhören.

Und auch sein Kind öffnete sich ihm und zeigte ihm immer mehr von seiner Entwicklung. Bald gehörte der Held zu den liebsten Spielkameraden seines Sohnes.

Schließlich kamen auch seine Nachbarn, Bekannte und schließlich sogar Fremde aus dem ganzen Reich des Königs, um andere Lösungen zu suchen.

Sie sprachen zu seinen Ohren und hörten auf seine Tsunge und sahen in den Farben Zuspruch in der Verzweiflung, Beistand in der Ohnmacht und Sinn in der Leere. So bekam der Held eine neue Aufgabe, die er bewältigen konnte und wollte.

Eines Tages wurde die Tochter des Königs sehr krank. Die Ratgeber suchten den Hellen, um ihn um Rat zu fragen. Die Schriftgelehrten des Königs, die es mit der Rechtschreibung nicht so genau nahmen, fanden stattdessen den Helden.

4 Die Tsunge der Braunellen

Der Held hörte aufmerksam zu und erkannte, dass die altbekannten Lösungen der Königstochter nicht weiterhalfen. Es musste Licht in das Dunkle kommen. Da erinnerte sich der Held an eine Lichtung im Wald.

Mit seiner Tsunge beschrieb der Hellste die kleine Lichtung im Wald so farbenfroh, dass sie nicht zu verfehlen war. Die Kleine Braunelle würde ihnen den rechten Ort zeigen. Zur Teestunde solle sich die Königstochter dort so oft einfinden, bis sie wieder gesund sei. Gesagt, getan.

Die Sänftenträger des Königs brachten die Königstochter von da an jeden Tag in der königlichen Sänfte pünktlich zur Teestunde an diese Lichtung, wo die Kleine Braunelle blühte, und holten sie anschließend auch wieder zuverlässig ab.

Am ersten Tag fand sie es noch spannend, einmal außerhalb des Schlosses zu sein. Am zweiten Tag öffnete sie schon den Vorhang der Sänfte, am dritten Tag die Tür, am vierten Tag setzte sie einen Fuß vor die

Tür, am fünften Tag verließ sie sogar kurz die Sänfte, am sechsten Tag setzte sich die Königstochter schon auf einen Baumstumpf.

Am siebten Tag brauchte der König seine Sänfte selbst wieder. Ab da kam die Königstochter zu Pferd. Als das Pferd einmal lahmte, kam sie ab diesem Tag zu Fuß.

Bald kannte sie jeden Baum an dieser Lichtung, jeden Baumstumpf, jeden Grashalm. Sie öffnete ihr Herz den Farben, Geräuschen, Gerüchen und anderen Eindrücken des Waldes.

Dann entdeckte sie, dass sie nicht allein war auf der Lichtung. Eine Fliege, eine Hummel, ein Käfer, ein Vogel, … Immer mehr Tiere, die ihr nie aufgefallen waren, nahm sie allmählich wahr.

So entdeckte sie eines Tages ein Reh. Am nächsten Tag blieb das Reh etwas länger, am dritten Tag ließ es sich schon nicht mehr irritieren, wenn die Königstochter sich bewegte, gar tanzte, summte, sang oder lachte. Sie war ganz fasziniert von dem Reh.

Deswegen machte sie sich auf den Weg zum Helden und fragte ihn, wie sie sich dem Reh gegenüber weiter verhalten solle. Dieser antwortete nur mit seiner Tsunge: Die Zuversicht ist ein scheues Reh.

5   Die Tsunge des Hellen

Die Zuversicht ist ein scheues Reh? Die Königstochter konnte mit diesem Satz nicht viel anfangen. „Du bist wohl nicht der Helle?" Sie wollte den Helden provozieren. Doch der Held war sich sicher, das nie behauptet zu haben. Namen müssen verdient werden, doch manchmal kommen sie unerwartet.

„Blöd bist Du aber auch nicht, eher doch ziemlich hell." Der Held fühlte sein schütteres Haupt. Die Königstochter kicherte. „Ja, ziemlich hell. Aber sag, was meinst Du mit dem Satz: Die Zuversicht ist ein scheues Reh?"

Der Helle beschrieb mit seiner Tsunge die Lichtung. „Aber da komme ich doch her, Heller!" Ob sie denn dort fertig sei. „Ich weiß nicht." Dann solle sie den fragen, der es wisse.

Also besuchte die Königstochter weiter die Lichtung und wartete auf jemanden, der noch heller wäre als der Helle. Doch niemand kam. Nur das Reh wurde immer zutraulicher und die Königstochter immer zuversichtlicher. Doch ließ sich das Reh nie auf die Lichtung locken. Es schien dem armen Tier die Sonne gar zu hell.

Da bat die Königstochter ihren noblen Vater, die Lichtungsbesuche von der Teestunde in die Dämmerstunde verlegen zu dürfen. Dem war das natürlich gar nicht recht.

Zum einen fürchtete er die Gefahren der Dunkelheit, gegen die er sein Reich zu verteidigen hatte. Zum andern fürchtete er den Zorn des Hellen, der die Teestunde empfohlen hatte. Er verbot seinem Töchterlein: „Du darfst Dich nach der Teestunde nicht weiter im Wald aufhalten!"

Was sollte die Königstochter nun tun? Natürlich wollte sie ihrem lieben Vater gehorchen. Seine Sorgen waren ja nicht unbegründet. Gleichzeitig spürte sie, dass sie so nicht weiterkam. Das Reh kam nicht ins helle Sonnenlicht. Und somit konnte sie keine Fortschritte erzielen.

Gibt es überhaupt eine Geschichte, in der die Königstochter sich je an die Verbote ihres gestrengen Vaters gehalten hätte? Wenn ja, dann höchstens eine sehr langweilige, eine, die nie weitererzählt wurde.

6 Die Tsunge der Grellen

Bekanntlich war die Königstochter krank. Nur so war zu erklären, dass sie sich an das Verbot ihres Vaters hielt. Sie ging weiter regelmäßig zur Teestunde zur Lichtung und sah weiterhin das Reh am Waldrand. Doch ging sie nicht in den Wald hinein und das scheue Reh kam nie auf die Lichtung.

Jahre später brachte das Reh manchmal einen Rehbock mit, mit dem es sich sehr verbunden fühlte. Doch auch dieser kam nie zur Teestunde auf die Lichtung. Im nächsten Jahr konnte sie Rehkitze beobachten, die größer und stärker wurden. Auch sie kamen nie auf die Lichtung.

Etliche Jahre schleppte sich das Reh nur noch zum Waldrand und eines Tages kam es gar nicht mehr. Der Rehbock verabschiedete sich traurig von der Königstochter und auch die Rehkitze kamen irgendwann nicht mehr. So saß die Königstochter jahrein jahraus an der Lichtung und wartete.

Es geschah nichts. Bis eines Tages auch der König alt und gram wurde. Auf dem Totenbett nahm der

König seiner Tochter das Versprechen ab, nochmal mit dem Hellen zu sprechen. Drei Tage nach der feierlichen Begräbnisfeier, als das ganze Volk noch in großer Trauer erstarrt war, suchte die Königstochter den Hellen auf.

Doch dieser war nicht mehr hell, sondern grau geworden. Er begrüßte sie als Königin. Damit hatte die Tochter nicht gerechnet. Sie hatte sich nie Gedanken gemacht, wer das Reich erben werde. Sie erkannte, in welche Gefahr das Königreich durch ihr Nichtstun an der Lichtung geraten war.

„Ich bin keine Königin, nie gewesen und nicht bereit für das schwere Amt." Der Graue nickte. „Es kam nie einer, der heller war als Du.", nickte die Grelle. „Bin ich denn jetzt etwa dem grellen Licht verfallen?" Die Grelle erzählte dem Grauen mit ihrer Tsunge von dem Reh, dem Rehbock und den Rehkitzen. Doch die Farben waren so grell, dass sie den Grauen fast blendeten.

„Was habe ich getan?" Der Graue wartete auf eine Antwort auf ihre eigene Frage. „Ich habe auf Dich und meinen Vater, den verstorbenen König, gehört. Und jetzt bin ich grell und Du grau. Nun findet diese Geschichte kein gutes Ende. Ich geh aber nochmal zurück zur Lichtung und suche eine andere Lösung!" Der Graue nickte und machte ihr Mut.

7 Die Tsunge der Pastellen

Wie sollte das gehen? Der Graue ließ die Grelle zurück zur Lichtung gehen. Den Weg fand sie inzwischen mit verschlossenen, verquollenen Augen. Erst an der Lichtung öffnete sie die Augen. Das grelle Licht blendete sie fast und sie suchte eilends den Waldrand auf. Dort, wo sie nie zuvor gewesen war.

Während sich ihre Augen langsam an das Dunkle des Dickichts gewöhnten, sah sie ihre Lichtung wieder. Aber mit ganz anderen Augen. Sie erkannte jeden Baum, jede Pflanze, jedes Tier. Und doch hatte alles ganz andere Farben. Sie verstand nicht mehr, wie sie es so viele Jahre im grellen Sonnenlicht ausgehalten hatte.

Und während sie staunend um sich blickte, schob sich behutsam ein zartes Fell unter ihre Fingerkuppen. Sie schaute nicht hin, aus Angst, sie könnte dort nicht sehen, was sie doch fühlte. Sie schloß ihre Augen und träumte wie schon so oft, einmal das Reh berühren zu können und es zu streicheln. Als die Finger feucht wurden, träumte sie, das Reh würde behutsam an ihrer Hand lecken.

„Au!" Die Königstochter öffnete erschrocken ihre Augen. Das Reh hatte sie doch tatsächlich am Finger geknabbert! Und tatsächlich! Es war das Reh wie ganz am Anfang ihres Kennenlernens. Die Königstochter kannte nicht viele andere Rehe. Doch dieses eine hätte sie überall wiedererkannt.

Und auch das Reh kannte die Königstochter. Diese war wieder jung wie in den ersten Tagen. Aber sie hatte die Lichtung verlassen. Damit hatte das Reh nicht mehr gerechnet. Doch es war ein kluges Reh. Deswegen fragte es nicht, wie die Geschichte sich so entwickeln konnte. Rehe fragen eigentlich ganz selten.

Lange streichelte die Königstochter das Reh und glaubte ihren Augen nicht. Doch dann wurde es wieder Zeit, zurück zum Schloss zu gehen. Sie befürchtete, das Reh nie wieder zu sehen. Doch wenn es Zeit ist, ist es Zeit. So ging sie zurück zum Schloss.

Dort empfing sie ihr besorgter Vater. „So spät bist Du noch nie heimgekommen. Ist etwas passiert?" Da erzählte die Königstochter ihrem Vater in grellen Farben die Geschichte, von der sie selbst nicht mehr wusste, ob sie noch wahr war. Und dann schwärmte sie mit ihrer Tsunge in pastellenen Farben von ihrem Weg an den Waldrand.

Der König war erstaunt und fragte: „Wie geht denn die Geschichte jetzt weiter?"

8 Die Tsunge des Melden

Nie zuvor hatte der König seine Tochter um Rat gefragt. „Wofür hast Du denn all Deine Ratgeber?" „Vom Wald haben sie alle keine Ahnung. Früher hatte ich mal einen Helden, der für mich alle Grenzen überwunden und viele Abenteuer bestanden hat. Er hatte immer viel zu melden. Doch seit ihm der Dunkle Drache das Herz verbrannte, ist er nicht mehr der alte."

„Nein, ist er nicht mehr. Er ist jetzt der Helle. Er hatte den Rat gegeben, dass ich zur Teestunde zur Lichtung solle, und er hat mich auf neue Wege hingewiesen. Er wird es auch diesmal sein, der Rettung bringt. Er ist nicht mehr der Abenteurer, der fremde Länder bereisen kann. Aber er hat jetzt eine Tsunge, die den Weg weisen kann. Er hat immer noch viel zu melden."

Der König bot seiner Tochter seine tapfersten Streiter, seine modernste Ausrüstung und das beste Pferd an. Doch seine Tochter setzte ihre Zuversicht in das scheue Reh. Ihr erster Weg führte sie alleine und zu Fuß zum Hellen.

Der Helle reichte ihr zur Begrüßung eine Meldung, die wohl jedem Helden im Königreich bekannt, in letzter Zeit aber fast ins Vergessen geraten wäre:

Drei Grenzen schützen unser Reich
und keine ist der andern gleich.
Die eine führt quer durch den Wald
und macht all unsre Feinde kalt.
Die nächste führt entlang am Meer,
lässt keine Bösewichter her.
Die letzte führt hoch übern Kamm,
lässt passen nur von unserm Stamm.
Mit Hoffnung, Mut und Zuversicht
brauchst Du die ganzen Grenzen nicht.
Hörst Du nur auf die rechten Tsungen,
so ist das Werk auch schon gelungen.

Als die Königstochter fragend aufblickte, beschrieb die Tsunge des Melden ein Bild, das sehr düster und dunkel einen Weg durch den Wald beschrieb. Doch stets bot in seinem Bild das scheue Reh Zuversicht und Licht. Der Melde schien genau zu wissen, zu wem der Weg führen würde und richtete einen Gruß aus.

So machte sich die Königstochter auf den Weg zur Lichtung und darüber hinaus an den Waldrand, wo das Reh sie schon erwartete. Es schien zu wissen, dass ein neuer Weg begann und sprang munter voran.

9 Die Tsunge der Libellen

Doch es dauerte nicht lange, da wurde das Reh langsamer, vorsichtiger. Es wählte seinen Weg mit Bedacht. Denn der Weg wurde immer sumpfiger, führte schließlich durch ein Moor. Das Licht scheute die Gegend, dafür waberten leichte Nebelschwaden und merkwürdige Düfte durch die Lüfte. Große Frösche quakten so laut, dass man das penetrante Surren der Insekten kaum hörte. Und das Rascheln im Gras war der einzige Hinweis auf Kleintiere am Boden.

„Königstochter, einstmal die Grelle!" Wer sprach sie da an und kannte ihre Geschichte? Bestimmt bildete sich das Mädchen die Stimmen nur ein. Es sah auch niemanden, der mit ihr reden könnte. Ihr fielen nur die faszinierend schillernden Libellen auf, die ihr einen Weg zu weisen schienen. Ein verlockender Weg hinein immer tiefer ins Moor.

Die Königstochter suchte die sirrenden Stimmen, folgte ihren verführerischen Versuchungen, wich von dem wirklichen Weg. Wie im Traum, ja wie in Hypnose achtete sie nicht mehr auf warnende Anzeichen.

Schwer fiel es der Königstochter, dem farbenfrohen Locken der Libellen zu widerstehen. Hätte sie nicht nach so langer Zeit mit dem Reh gelernt, darauf ihre Zuversicht zu bauen, sie wäre den prachtvollen Libellen blind ins Verderben gefolgt. Doch das Reh zögerte immer mehr und blieb schließlich stehen.

Das Reh ließ sich nicht von den anderen Tieren des Waldes verwirren, eher von der geblendeten Königstochter. Was war nur in sie gefahren? Jeder wusste doch von den Gefahren der Sümpfe und Moore – oder etwa nicht? Hatte die Königstochter diese wichtige Lektion am Hofe nie gelernt?

Sie mussten möglichst schnell wieder sicheren Boden unter die Füße bekommen. Doch wie sollte das zarte Reh die Aufmerksamkeit der Königstochter zurückgewinnen und die Führung übernehmen? Und wohin? Auch das Reh kannte den Weg nicht mehr.

Da ertönte aus der Ferne das Heulen eines Wolfes. Zitternd bewegte sich das Reh in diese Richtung. Die Königstochter schaute ganz verblüfft das Reh an. Das Heulen des Wolfes hätte vielleicht nicht gereicht, um die Königstochter wieder aufmerksam werden zu lassen. Doch seit wann zieht es ein Reh hin zum Wolf?

Die Geschichte bekam wieder eine seltsame Wendung. Was sollte das bedeuten? Die Königstochter ließ sich darauf ein und folgte dem Reh.

10 Die Tsunge des Rebellen

Mit jedem Schritt, mit dem die Königstochter dem Reh folgte, wurde der Boden wieder fester und sicherer. Ein Wolf wagte sich nicht auf solch unsicheres Gelände. Darauf war Verlass.

So ließen die Königstochter und das Reh das gefährliche Moor hinter sich. Jetzt übernahm die Königstochter wieder die Führung, denn sie ging dem Heulen des Wolfes weiter nach, wo das Reh lieber Reißaus genommen hätte. Und doch folgte das Reh und wurde immer verzagter. Was wollte die Königstochter nur von dem Wolf?

Während beide Weggefährten still den Weg durch den dunklen Wald suchten, der eine hin- und hergerissen zwischen einer natürlichen Furcht und einer gewachsenen Treue, der andere voll auf den unscheinbaren Weg konzentriert, tauchte auf einmal wie aus dem Nichts die Gestalt eines riesigen, schwarzen Wolfes auf und versperrte den weiteren Weg. Das Reh suchte zitternd hinter der Königstochter Schutz, während diese dem Wolf selbstsicher gegenübertrat.

Mit ihrer Tsunge bedankte sie sich für die Rettung aus dem Moor. Sie beschrieb ihren Weg als Königstochter zur Lichtung und an den Waldrand, vorbei am sumpfigen Moor. Als sie die Grüße vom Hellen ausrichtete und die Meldung wiederholte, antwortete der Wolf mit seiner Tsunge.

Er beschrieb seine Abenteuer mit dem Helden und seine Aufgabe, die Grenze im Wald zu bewachen. Diesseits und jenseits der Grenze hatte er keinen guten Ruf, da er vielen zu eigensinnig und zu rebellisch war.

Doch beide Seiten waren froh, dass er die Grenze sicherte und keinen hinüberließ, der eine Gefahr für die andere Seite bedeutete. Selten wurde ihm dafür gedankt. So dunkel der Rebell auch seine Lage beschrieb, so machten die kräftigen Farbtöne der Königstochter keine Angst. Sie wusste diese Grenze ihres Königreiches sicher.

So also war dieser Teil der Meldung zu verstehen. Der Wolf war einerseits ein gefürchteter Gegner, der es mit jedem Bösewicht aufnehmen konnte. Andererseits machte er genau dadurch die unsichtbaren Grenzen im Wald sichtbar und damit sicher.

Doch was lag hinter dieser Grenze im Wald? Die Königstochter wollte es herausfinden.

11 Die Tsunge des Gesellen

Dem Reh war es letztlich egal, wohin die spannende Reise weiterging. Hauptsache, sie brachte Abstand zur Grenze und Sicherheit vor dem Wolf mit sich. Auch wenn es die Aufgabe des Wolfes verstand, wohl fühlte es sich bei dem Raubtier nicht.

Es war jetzt schon so weit gekommen, dass es nicht einfach wieder umkehren wollte. Außerdem wurde es hinter der Grenze langsam wieder heller. Also folgte das Reh der Königstochter mit vorsichtigen Schritten.

Es dauerte ein wenig, bis sie beide merkten, dass sie heimlich begleitet wurden. Scheinbar unbekümmert beschrieb die Königstochter mit ihrer Tsunge dem Reh den Alltag im Königreich.

Das Reh war darüber nicht verwundert. Natürlich kannte es die Weiten des Königreichs schon lange. Nicht aus eigener Erfahrung, sondern weil die Königstochter schon oft die tollsten Bilder mit ihrer Tsunge gemalt hatte. Es wusste natürlich auch, dass die Beschreibung nicht für es bestimmt waren, sondern für den unsichtbaren Gesellen.

Auch dem Gesellen wurde langsam klar, dass die Beschreibung für ihn war. Die Bilder beruhigten ihn und so kam er zögerlich aus dem Gebüsch hervor: ein Fuchs.

Ich habe den alten Rebellen heulen hören, meinte er schüchtern in seiner Tusnge, da wusste ich, dass wieder etwas in meinem Wald passierte. Der gefährliche Wolf lässt nicht jeden die Grenze passieren, und so war ich neugierig, wer diesmal seine Gunst gewonnen hatte.

Die Königstochter freute sich über das kleine Füchslein, beruhigte es: „Begleite uns doch auf unserem weiteren Weg, Geselle! Du bist ja offensichtlich sehr zahm." Auch das Reh zeigte keinerlei Furcht.

Natürlich bin ich zahm, vermittelte die Tsunge des Gesellen. Doch nicht für Dich. Der Kleine Prinz hat mich gezähmt, mit viel Geduld und Ausdauer, und zu ihm kann ich Euch führen. Die Worte erschienen in dem Bild sehr deutlich und der Kleine Prinz schien ein kluger Prinz zu sein.

So übernahm der Geselle die Führung durch die verschlungenen Waldpfade. Es war fraglich, wie sie den rechten Weg ohne ihren Begleiter gefunden hätten. So erreichten sie bald den Waldrand und blickten auf ein Reich, das wie ein ferner Planet aussah.

12 Die Tsunge des Intellektuellen

„Willkommen!" Der Kleine Prinz war deutlich erfreut. „Ich habe schon nach meinem Fuchs gesucht. Er ist selten so lange weg. Und jetzt bringt er auch noch Gäste mit! Kommt doch mit auf mein Schloss!"

Das Reh war nicht zu bewegen, den Waldrand zu verlassen, und die Königstochter wollte es nicht alleine lassen. „Macht nichts!" Der Kleine Prinz schmunzelte. „Das kenne ich. Auch der Fuchs hat viel Geduld gebraucht, bis ich ihn zähmen konnte. Auf meinem Schloss war er bis heute nicht."

„Ich will das Reh doch gar nicht zähmen!" Die Königstochter war sich da sehr sicher. Der Kleine Prinz schmunzelte weiter. Er wusste, dass die Dinge manchmal einfach ihren Lauf nehmen mussten.

„Was führt Euch zu mir?" Der Kleine Prinz war ganz begierig zu erfahren, wie es im Königreich so ginge und was es Neues gäbe. Er schien sich gut auszukennen. Als er vom Helden hörte, wurde er traurig. Der Held war häufig Gast auf seinem Schloss, wenn er ein Abenteuer im Wald erledigt hatte.

„Sehr traurig, dass sein tapferes Herz vom Dunklen Drachen verbrannt wurde. Der Held war immer sehr wagemutig. Sonst hätte er ja nie die drei Grenzen überwinden können. Doch war er dabei oft auch unvorsichtig. Man kann nicht gegen jede Gefahr ausreichend gewappnet sein, so stark er auch war. Ich hatte ihn gewarnt!"

Der Kleine Prinz wechselte das Thema: „Er hat auch nie meine Beziehung zum Fuchs und zu der Rose so ganz verstanden. Er war nie so der Intelektuelle oder Einfühlsame. Zu viele Nebensächlichkeiten haben ihn auf seinem guten Weg abgelenkt."

„Aber jetzt hat er ja doch noch seine Tsunge gefunden? Damit hätte ich gar nicht mehr gerechnet. Brauchte es also wirklich einen Regenwurm dafür. Obwohl es eigentlich auch irgendwie und überhaupt und so …" Der Prinz sprach eindeutig wie ein Intelektueller. Wenn ihm niemand Einhalt bot, konnte er sicher sehr lang und ausführlich bei einem Thema festhalten.

„Aber was meintest Du mit der Rose?" Die Königstochter konnte den langen Ausführungen des Kleinen Prinzen nicht allzu lange folgen.

„Das kann ich Dir nicht mit Worten erklären." Aha, auch ein Intelektueller kann nicht alles in Worte fassen. Der Kleine Prinz lud die Königstochter, das Reh und den Fuchs ein, ihm zu folgen.

13 Die Tsunge der Speziellen

So kamen die vier zu einem prächtigen Rosengarten am Waldrand. Eine Rose war prächtiger als die andere und duftete herrlicher als … Der Königstocher fiel kein passender Vergleich ein. Nie hatte sie einen zauberhafteren Garten gesehen und gerne wäre sie stundelang bei jedem einzelnen Rosenstock stehen geblieben, um ihn zu bewundern.

Doch der Kleine Prinz strebte geradewegs in die linke hintere Ecke, wo er stehen blieb. „Da ist sie!" Die Königstochter war fast geblendet von der Schönheit der vielen Rosen. Aber was der Kleine Prinz gerade meinte, konnte sie nicht sehen. Er deutete auf eine einzelne Rose. „Das ist sie", meinte er stolz. „Eine beeindruckende Rose wie jede andere hier", meinte die Königstochter. Und kein Wort aus dem Mund des Kleinen Prinzen konnte sie vom Gegenteil überzeugen.

Daher beschrieb der Kleine Prinz seine Geschichte in verschiedenen Farbnuancen. Wie er die Spezielle kennengelernt hatte, als es ihr gar nicht gut ging. Wie er sie goss, weil ihr Wasser fehlte. Wie er Läuse entfernte, die sie befallen hatten. Wie sie sich unter seiner Pflege erholte, wenn er sich Zeit für sie nahm. Jetzt begriff die Königstochter. Er erklärte: „Man spricht nur mit der Tsunge bunt, das Wesentliche ist für den Mund unaussprechlich.“

Zum Abschied bot der Kleine Prinz der Königstochter eine Rose aus seinem Garten an. Die Königstochter lehnte schweren Herzens dankend ab. „Mein Weg führt mich noch an manche Grenzen, da kann mich weder Reh noch Rose begleiten.“ Der Kleine Prinz tröstete sie. „Eines Tages wird ein Mann kommen, der für das Volk wie jeder andere Mann aussehen wird. Doch Du wirst ihn zum König Deines Herzens und Deines Reiches machen. Er wird Deine spezielle Rose sein.“

So verabschiedeten sie sich. Der Kleine Prinz verbrachte noch viel Zeit bei seiner Rose, bevor er wieder in sein Schloss aufbrach. Die Königstochter aber ging mit dem Reh durch den Wald zurück, dankte dem Wolf nochmal für seine Aufgabe, vermied den Sumpf der Libellen und verabschiedete sich am Waldrand dann auch von ihrem Reh. Sie wusste, wo sie jederzeit ihre Zuversicht wiederfinden konnte.

Sie berichtete dem Melden von ihrem Abenteuer und dieser freute sich mit ihr über ihre Erfahrungen im Wald. Die erste Grenze hatte sie kennengelernt und überwunden. Die nächste sollte am Meer liegen. Doch wie findet man das Meer?

14 Die Tsungen der Forellen

Natürlich musste sie auch ihrem Vater vom Wald erzählen. Dieser kannte die Meldung von den drei Grenzen selbstverständlich, doch hatte er diese nie persönlich besucht. „Als König konzentriere ich mich auf mein Reich. Für Abenteuer über die Grenzen hinaus hatte ich ja den Helden. Gehabt. Um die Grenzen zu verteidigen, habe ich natürlich auch ein Heer mit tapferen Soldaten. Angeführt wird mein Heer von meinem Feldmarschall. Diesen schicke ich mit einer kleinen Eskorte als Begleitung für Dich Richtung Meer." Da duldete der König keinen Widerspruch.

Während sich die Eskorte fertigmachte und der Marschall sich mühsam in seine enge Feldausrüstung zwängte, wartete die Königstochter am Teich vor dem Schloss. Dort schwamm eine große Schar Forellen im Teich rechtsherum. Als die Königstochter gelangweilt einen kleinen Kiesel ins Wasser warf, machten die Forellen kehrt und schwammen alle links herum. Bis auf eine, die sich benommen am Kopf kratzte. Die Königstochter entschuldigte sich: „Ich habe niemanden treffen wollen."

Als der Marschall fertig war, fragte sie ihn. „Warum schwimmen alle Forellen immer in die gleiche Richtung?" „Ach, wie lange muss ich mit meinen Soldaten exerzieren, bis diese es den Forellen gleichtun! Eine Einheit kann auf kleinem Raum nur funktionieren, wenn sich alle gleich verhalten. Pass auf!" Dann gab der Marschall einem Soldaten einen Befehl und dieser öffnete eine Schleuse am Teich ein wenig, so dass jede Forelle in den Bach entweichen konnte. Doch nur wenige taten es. Die meisten blieben, als ob es keinen Ausweg gäbe, und schwammen weiter in die gleiche Richtung.

„Forellen sind Gewohnheitstiere." Der Feldmarschall kannte sich mit Soldaten aus. „Den meisten macht die Freiheit Angst. Doch die, die sich trauen, finden den Weg durch den Bach und den Fluss bis hin zum Meer. Sieh hin, was sie mit ihrer Tsunge singen!" Die Königstochter hörte aus dem Teich nur Marschmusik, die sich stumpf wiederholte. Die aber, die sich durch die Schleuse gewagt hatten, gluckerten voll Freude auf das Abenteuer ihres Lebens.

„Lasst uns ihnen folgen, sie kennen den Weg zum Meer!" Die Stimme des Marschalls war den Befehlston gewohnt, den er auch der Königstochter gegenüber kaum ablegen konnte. So folgten sie den Forellen entlang des Baches und des Flusses. Nur manchmal nahmen sie eine Abkürzung, wenn der Flusslauf gar zu weit mäanderte. So kamen sie bald zum Meer.

15 Die Tsungen der Sardellen

Am Meer verabschiedeten sich die Forellen, weil sie kein Salzwasser mochten. An der Flussmündung wartete der Feldmarschall auf neue Befehle. Die Königstochter staunte über die endlose Weite dieses großen Gewässers. „Ist die Küste die Grenze unseres Reiches?", fragte sie ihren Begleiter zögernd.

Doch der Marschall kannte sein Gebiet: „Nein, die Küste gehört klar zum Königreich. Alles, was an Land oder auf dem Meer hier lebt oder arbeitet, ist Unteran unseres Königs, Deines Vaters." „Dann müssen wir weiter!", das war der Königstochter klar. „Wir brauchen also ein seetüchtiges Boot. Das finden wir am Hafen. Und zum Hafen geht es ... hier lang!" Der Marschall kannte die Küste wie seine Westentasche. Selbst wenn er keine Weste mehr trug. Also nach Westen.

Verwundert betrachtete die Königstochter auf ihrem Weg entlang der Küste das Wasser. Nie stand es ruhig wie der Forellenteich. Als sie unterwegs den feschen Fischer trafen, der gerade frische Fische fischte, fragte sie ihn, was er da tue. Dieser erklärte es ihr. „Seht dort, die Steilküste! Da ist das Wasser wild, die Strömung stark und die Brandung heftig. Jeder Fisch passt auf, dass er sich nicht verletzt. Doch hier am Strand ist das Wasser träge, kaum eine Strömung und die Wellen tragen den Sand leicht hin und her. Hier werden die Sardellen unvorsichtig und finden den Wurm ganz lecker. Das ist ihr Verderben.“

Die Königstochter dachte an die Geschichte von den Zufällen, die dem Helden seine Tsunge bescherten, und hoffte, dass der Fischer keine Regenwürmer aufspießen würde. Dann ging sie an die Steilküste und hörte das Rufen der Sardellen, die sich gegenseitig vor den scharfen Kanten und der reißenden Strömung warnten. Dann ging sie zum Strand, wo die Tsungen der Sardellen banale Tratschgeschichten austauschten. „Nicht immer ist die Gefahr dort, wo man sie vermutet“, dachte die Königstochter bei sich.

Schließlich kam die kleine Gemeinschaft zum Hafen. Dort wartete schon das Flaggschiff der Königlichen Marine. An seinem Bug erkannte die Königstochter seinen Namen. La Esperanza bedeutete in ihrer Muttersprache Hoffnung. Dahinter war ein graues Dreieck. „Ist das die Hoffnung, von der die Meldung sprach?“, überlegte sie.

„Aber was bedeutete das graue Dreieck dahinter?“ Diese Fragen konnte ihr niemand beantworten, nur der Marschall verkniff sich insgeheim einen Kommentar.

16 Die Tsungen der Wellen

Die Mannschaft des Schiffes stand stramm und der Kapitän der Esperanza begrüßte den Feldmarschall vorschriftsmäßig. Er kannte das Meer wie ein Kapitän eben das Meer kennen muss. Er hatte schon alle sieben Weltmeere befahren und viele Abenteuer erlebt. Aber eine Grenze hatte er im Wasser noch nie gesehen. Selbstverständlich nahm er aber die Befehle des Feldmarschalls an und stach in See. Zumal er auch noch von der Königstochter begleitet wurde, die von einer seltsamen Krankheit genesen sein sollte.

Schon am ersten Tag wurde der Königstochter speiübel und der Marschall war auch etwas grün im Gesicht. Dieser hatte aber Kautabak gegen die Seekrankheit dabei und bald kaute und spuckte er munter drauflos. Das Kraut schmeckte der Königstochter aber so grauenvoll, dass sie es nicht anrühren mochte. Da gab der Marschall ihr den Rat, sie solle doch am Oberdeck zum Horizont blicken und den Wellen lauschen.

Am Horizont war nicht mehr viel zu sehen, nachdem die Küste außer Sicht geraten war. Die

Königstochter hatte keine Ahnung, woran sie im Meer Grenzen erkennen sollte. Also lauschte sie den Wellen. Die Tsungen der Wellen leckten regelmäßig am Schiff und sangen dabei ein einschläferndes Lied von der Unendlichkeit des Meeres. Doch die Königstochter dachte an den Tod der Sardellen und hütete sich davor einzuschlafen.

Schließlich wurden die Wellen des Meeres immer höher und der Ton der Seeleute immer rauher. Sie rieten ihr: „Geht unter Deck, um nicht über Bord zu gehen." Doch sie besuchte lieber die Brücke und ließ sich hier festbinden. So konnte sie weiter die Tsungen der Wellen hören, die nun auch von den Tiefen des Meeres sangen, und den Wellengang beobachten. Und so war sie doch sicher davor, über Bord zu gehen. Noch nie hatte sie so einen Sturm erlebt und das mächtige Schiff tanzte auf den Wellen wie Spielzeug.

Außer den Tsungen der Wellen hörte sie zunehmend auch Stimmen der Seeleute, die den Sinn der gefährlichen Fahrt nicht verstanden und an Meuterei dachten. Sie wollten nicht an ihre Grenzen kommen.

Da geschah etwas, womit keiner gerechnet hatte. Aus den Tiefen des Meeres erschien ein Dreizack und der ihn hielt kam an die Oberfläche. Die Wellen machten dem Ankömmling Platz und so wurde es schnell ruhiger auf dem Meer. Die Seeleute munkelten: „Ist das Neptun persönlich sei, der König des Meeresreiches?" Doch der Marschall erkannte seinesgleichen.

17 Die Tsungen der Marschällen

„Wer wagt es, das Meer unseres Königs ungefragt zu befahren?", erhob der Seemarschall drohend seine Stimme. „Wer wagt es, sich dem Schiff unseres Königs ungefragt in den Weg zu stellen?", antwortete der Feldmarschall im gleichen Tonfall. „Ich führe die Macht der Meere im Auftrag des Königs." „Ich führe die Macht der Heere im Auftrag des Königs." „Ihr seid hier an der Grenze unseres Reiches." „Und Ihr an der unseren." „Wir befehlen die Seepferde und Schildkröten hier." „Wir befehlen die Schiffe und Waffen hier." Es war deutlich, dass sich die beiden Marschälle ebenbürtig waren und ihre Tsungen ein altbekanntes Lied sungen. Das Lied der Macht und Stärke.

Da sprang die Königstochter mit lauter Stimme dazwischen: „Haltet ein! Wir erkennen, dass wir hier an die Grenzen eines anderen Reiches gekommen sind und bitten höflich um Gastfreundschaft. Ich bin die Tochter und Erbin des Königs." Nie zuvor war ihr eingefallen, dass das ja ihr berechtigter Anspruch war. Erbe des Königs, daran musste sie sich erstmal gewöhnen. Sie bemerkte nicht, wie ihr der Marschall anerkennend zunickte.

„Wir erkennen die Grenze Eurer Herrschaft an und freuen uns, Euch bei uns begrüßen zu dürfen." Also konnte der Seemarschall doch auch freundlich sein. „Der Feldmarschall und die Königstochter sind eingeladen, uns über die Grenze zu begleiten. Das Schiff bleibt hier in Sicherheit, von den Wellen in Ruhe bewacht." Das war den Seeleuten genauso recht wie den beiden Gästen.

Der Feldmarschall lenkte das kleine Beiboot mit der Königstochter außer Sichtweite des Flaggschiffs, zog seine Uniform aus und sprang ins Wasser. Er bat seine Begleiterin: „Tu es mir gleich!". Als beide im Wasser waren, näherte sich schnell ein graues Dreieck an der Wasseroberfläche. „Keine Angst", meinte der (fast) nackte Feldmarschall, „das ist der Kleine Hai. Der will nur spielen. Das ist unsere Hoffnung." Jetzt verstand die Königstochter das Symbol auf dem Flaggschiff. Das war eine Haiflosse. Und La Esperanza hatte seinen Namen nach dem Kleinen Hai erhalten. Der Kleine Hai war also der Wächter der Meeresgrenze.

Der Seemarschall hatte schon von dem Drachenabenteuer des Helden gehört und bedauerte, dass er ihn wohl nie wieder sehen würde. Einer Einladung unter Wasser konnten die beiden diesmal leider nicht folgen. Die Seeleute waren jedenfalls bei ihrer Rückkehr tief von ihrer Tapferkeit beeindruckt.

18 Die Tsunge der Bordellen

Dann hatten die Seeleute es offensichtlich eilig zurückzufahren. Sie legten sich stark ins Zeug und so dauerte die Rückfahrt viel kürzer. Die Königstochter war darüber sehr verwundert und fragte den Feldmarschall.

„Och,“ meinte dieser sichtlich verlegen. „Die Seeleute und Soldaten werden im Hafen schon erwartet.“ Der Feldmarschall wand sich zunehmend mehr, das Thema war ihm wohl peinlich. „Sie werden von Frauen erwartet, die ihre Dienste anbieten möchten.“ „Was für Dienste?“ Jetzt wurde der Marschall doch etwas rot. Er war es gar nicht gewohnt, Königstöchter über körperliche Dienstleistungen aufzuklären.

„Nun, sie spielen Königstochter und Held.“ „Aber sie kennen mich doch gar nicht und den Helden seit seiner Verwundung auch nicht mehr.“ „Wenn sie Euch wirklich kennen würden, könnten sie das Spiel nicht mehr mit so viel Hingabe spielen. Sie wissen nichts von Eurer Krankheit und von der Verletzlichkeit des Helden. Mit viel Phantasie schmücken die Frauen sich in tollster Pracht, um diese im geeigneten

Moment abzulegen. Und mit genauso viel Phantasie leihen sich die Männer Rüstungen und Waffen, um damit die Frauen zu beeindrucken."

„Aber diese farbenfrohe Pracht ist doch genauso falsch wie die prachtvollen Farben der Libellen am Sumpf. Sie führen nur ins Verderben." „Manche nennen die Bordelle daher auch Sümpfe. Aber im Gegensatz zu den Libellen fressen die Frauen ihre Freier nicht. Sie nehmen nur den Lohn für ihre Dienste und warten dann auf neue Freier."

„Werdet auch Ihr diese Dienste in Anspruch nehmen?" „Das habe ich nicht nötig." Langsam entspannte sich der Feldmarschall wieder. „Der fesche Fischer ist mein Schwiegervater. In einer Hütte am Rande des Hafens wartet seine Tochter und seine Enkelin auf mich. In den Augen meines Weibes und meiner Tochter bin ich ein Held, egal was ich tue. Und ich nehme auch nie wirklich Abschied, denn sie sind immer in meinem Herzen."

„Und wie ist es mit dem Helden? Hat er je die Dienste der falschen Königstöchter in Anspruch genommen?" „Ich weiß es nicht. Aber meistens, wenn wir den Hafen verlassen und uns den Häusern zugewandt hatten, hörte der Held einen Schrei und verließ unsere Gemeinschaft." Bald hatte das Schiff den Hafen erreicht, die Seeleute und Soldaten strebten den Bordellen entgegen und der Marschall wandte sich der Fischerhütte zu. Da ertönte ein Schrei.

19 Die Tsunge der Schnellen

Die Königstochter wunderte sich, woher der Schrei kam. Es war niemand zu sehen, aber dem Schrei folgend verließ sie den Hafen und die Häuser. Dort blickte sie ratlos in die Luft und entdeckte über ihrem Kopf einen Adler kreisen. Langsam wurde das Geschrei zu einem Bild und der Adler malte ihr mit seiner Tsunge eine Landkarte, auf der sie sich wiederfand.

So erkannte sie einen Weg, der sie am Fluss entlang ins Hinterland führte. Der Fluss war aber sehr tückisch. Hätte sie nicht dauernd die Landkarte des Adlers vor Augen gehabt, hätte sie sich mehrfach verlaufen. Mit dieser Navigationshilfe aber kam sie fast schneller voran als seewärts.

Allerdings wurde das Gelände auch zusehends steiler. An manchen Stellen tobte das Wasser gefährlich zwischen den Steinen und riss in Stromschnellen alles mit sich, was sich ihm in den Weg stellte. Das Tosen des Wassers erzählte eine eigene Geschichte von Zielstrebigkeit, Durchsetzungsvermögen und Naturgewalt. Die Königstochter war fasziniert von der

Energie, die da freigesetzt wurde: „Was könnte ich mit dieser Kraft und Stärke im Leben nicht alles erreichen?“

Doch hörte sie bei dieser Lautstärke den Adler kaum noch und konnte die Karte kaum noch lesen. Mehrfach musste sie ihren Weg korrigieren und zweimal wäre sie fast auf den Steinen am Ufer ausgerutscht und ins Wasser gefallen. Sie war froh, als sie die Stromschnellen hinter sich hatte.

Als der Adler sie auf die Wasserfälle vor ihnen hinwies, prägte sie sich die Steige daran vorbei genau ein. Dann steckte sie sich Moos in die Ohren und verließ sich auf ihre Erinnerung. Die Wasserfälle waren noch faszinierender als die Stromschnellen, wenn das Wasser aus großer Höhe in freiem Fall keinen anderen Weg mehr kannte als senkrecht nach unten. Gischt erhob sich wie ein Nebel und zauberte den tollsten Regenbogen, den die Königstochter je gesehen hatte. Hätte sie nicht das Moos in den Ohren gehabt, sie hätte den Weg nicht mehr finden können. Als sie oben angekommen war, wusch sie sich mit dem kalten Wasser das Moos wieder aus den Ohren und konnte die Landkarte des Adlers wieder sehen. Das gefährlichste Wegstück hatte sie wohl geschafft.

Oberhalb der Wasserfälle war das Gelände nicht mehr so steil und der Fluss teilte sich in eine Vielzahl von Bächen.

20 Die Tsunge der Quellen

Der Adler zeigte ihr, welche Abzweigung sie jeweils nehmen sollte. Aus allen Richtungen schienen Bäche zu kommen und die Hochebene in ein grünes Paradies werden zu lassen. Es gab aber immer weniger Wege und ohne ihren Adler hätte die Königstochter schon wieder keine Orientierung gehabt. So gelangte sie aber zu den Quellen, die die Bäche und damit den Fluss speisten.

Manche Quellen sahen unscheinbar, klein und still aus, während aus anderen das Wasser wild und sprudelnd schoss. Gemeinsam teilten sie aber eine ähnliche Geschichte. Die Königstochter lauschte, wie die Tsungen der Quellen von den Anfängen erzählten.

Tief im Innern der Berge in mineralreichen Erdschichten ruhte viele Tausend Jahre lang das Wasser, während an der Oberfläche alles graues Ödland war, wüst und leer. Kein Mensch konnte sagen, wann das Wasser einen kleinen Durchbruch im Gestein geschaffen hatte und anfing, herauszutropfen, als Rinnsaal zu fließen oder gar in einem sprudelnden Strahl sich zu ergießen. Quellen entstanden.

Die meisten sammelten erst das Wasser in einem kleinen Quellteich, andere führten ihr Nass direkt in einen Bach. Es gab weit und breit kein erfrischenderes und saubereres Wasser und kleine und große Tiere sammelten sich gerne am Teich, um zu trinken. Selbst magische Wesen wie Feen und Kobolde sollen von Quellen angezogen worden sein.

Ganz selten war das Wasser in Quellen auch ungenießbar oder giftig. Wer weiß, welches Schicksal es unter dem Berge erfahren hatte. Und manchmal fand das Wasser den Weg auch nicht zu einem Bach. So entstanden Moore und Sümpfe, die von schaurigen Wesen wie den bekannten schillernden Libellen bewohnt waren. Die Königstochter schauderte bei der Erinnerung.

Meist aber floss das Wasser aus dem Teich in die Bäche ab, die die lebensspendende Feuchtigkeit im Lande verteilten und damit dafür sorgten, dass alles grünen, wachsen und gedeihen konnte. Ohne das Wasser, das sich in den Tiefen über Jahrtausende gesammelt und mühsam durch das Gestein gekämpft hatte, gäbe es keine Quellen, Bäche, Flüsse, Wasserfälle oder Stromschnellen, Teiche, Sümpfe und Moore hin zum Meer.

Während die Königstochter versonnen dem Wasser lauschte, trat eine dunkle Gestalt an die Quelle, setzte sich und lauschte ebenfalls den Quellen.

21 Die Tsunge der Kapellen

 Lange saßen sie so zu zweit friedlich an den Quellen und lauschten. Erst als die Königstochter sich dem anderen zuwandte, erkannte sie in ihm einen Einsiedler. Er war es offensichtlich nicht gewohnt, unnötig zu reden, strahlte aber eine angenehme Ruhe aus. Selten hatte sich die Königstochter im Schweigen so verbunden gefühlt.

Als es Abend wurde, stand der Einsiedler auf und ging davon. Wie selbstverständlich folgte ihm die Königstochter auf dem Fuß und so kamen sie sehr bald zur Hütte des Einsiedlers. Dieser bot ihr frisches Quellwasser und Brot zum Abendmahl und ein Lager für die Nacht an. Selten hatte so ein einfaches Mahl so gut geschmeckt. Danach schlief sie den Schlaf der Gerechten.

Am nächsten Morgen traf sie den Einsiedler im Garten. Wieder wollte sie sein Schweigen nicht brechen, doch er empfing sie mit einem freundlichen Morgengruß. Dann führte er sie zu seiner Kapelle. Welcher Religion sie angehörte, konnte sie nicht erkennen. Aber das schien auch nicht wichtig.

„Ich beachte hier das A (Alpha) und das Ω (Omega), das א (Alef) und das ת (Tau). Das A oder א steht für den Anfang. Gestern hast Du den Anfang gehört, symbolisiert durch die Quelle. Der Anfang ist nicht der Anfang an sich. So wie die Quelle aus unterirdischem Wasser gespeist wird, entspringt auch jeder Anfang einem verborgenen Schatz aus der Tiefe."

„Morgen", fuhr der Einsiedler fort, „hörst Du das Ende, das Ω oder auch ת am Bergkamm. Das Ende ist wie das Ende eines Flusses. Er fließt ins Meer. Und so wie kein Tropfen Wasser an der Mündung verloren geht, so geht auch kein Leben wirklich jemals verloren. Dazwischen aber liegt das Jetzt. Und dem widme ich mein Leben."

Die Königstochter schüttelte verwirrt den Kopf. Sie fühlte sich wie beim allerersten Unterricht beim Hofmagier. Der Einsiedler lächelte und bot ihr an, den Tag an der Kapelle zu verbringen. Es gab da einen herrlichen Ausblick bis hin zum Waldrand, zur Meeresküste und natürlich bis zum Bergkamm. Bei dem Ausblick vergaß die Königstocher alles, bis ihr der Weg durch das Königreich wieder einfiel und die morgige Aufgabe ihr Sorgen machte, so dass sie sich nicht mehr entspannen konnte.

Am Abend riet ihr der Einsiedler, den Adler fliegen zu lassen und dafür seinen Esel zur Weiterreise zu nutzen. Der Adler drehte noch einen weiten Kreis und verabschiedete sich.

22 Die Tsunge der (Schutz–)Wällen

Am nächsten Morgen brachte der Einsiedler der Königstochter einen Bund Möhren. „Solange die Möhren reichen, wird Dich mein Esel führen. Danach wird er zu mir zurückkehren." Die Königstochter dankte dem Einsiedler und hielt dem Esel die erste Möhre hin.

Sofort zog der Esel los, die Königstochter hatte kaum noch Zeit, sich vom Einsiedler zu verabschieden. Der Weg führt nicht direkt zu den Bergen hin, die sich wie Wälle vor ihnen auftürmten, sondern in sanften Serpentinen. Durch die Umwege kamen sie viel schneller voran, als wenn sie den direkten Anstieg versucht hätten.

Auch so wurde der kaum zu erkennende Weg immer steiniger und steiler. Der Esel war ein kluger Begleiter, wenn auch sehr still. Was will man vom Esel eines Einsiedlers auch anderes erwarten? So kamen sie dem Kamm immer näher und die Königstochter wurde immer gespannter, was sie wohl hinter dem Kamm erwarten würde.

Als sie keuchend oben ankamen, fanden sie ein uraltes Holzschild, das kaum noch zu lesen war: „Ende der Welt." Sie wand sich dem Esel zu: „Das kann doch wohl nicht wahr sein! Jetzt sind wir die ganzen steilen Wälle emporgestiegen, um an dieser Grenze nicht mehr weiterzukommen?"

Dahinter waren doch noch viel mehr Berge zu erkennen, Berge soweit das Auge reichte. Kaum bewaldet, kaum grün, aber viele Felsbrocken und dunkle Schluchten und auf manchen Gipfeln lag sogar Schnee. Es war nicht wirklich viel Leben zu spüren, aber es lag eine merkwürdige Verheißung in der Luft.

Sie lauschte dem Wind, der ihr die Tsungen der Wälle näherbrachte. In Eiseskälte sprachen die Wälle vom Diesseits und Jenseits der Grenze, von Ankommen und Abschied, von Trauer und Trost, von Sterben und Todsein. Es lag nichts Bedrohliches in diesen Bildern, aber etwas Endgültiges. Die Königstochter wollte diese merkwürdige Situation hinter sich bringen.

Doch der Esel war nicht zu bewegen, einen Fuß über die Grenze zu setzen, da halfen auch die Möhren nicht. Die Königstochter wollte nicht klein beigeben oder gar aufgeben und bewegte sich mutig auf die Grenze zu. Da kam ihr eine dunkle, riesige Gestalt drohend entgegen, die nach Schwefel und Feuer roch. Der Esel wäre fast durchgegangen, keine Ahnung, was ihn noch hielt.

23 Die Tsunge der Rituellen

„Königstochter!" Der Dunkle Drache baute sich drohend vor ihr auf und versperrte ihr den weiteren Weg. Er sah gar furchterregend aus. „Ich hoffe, Du bist klüger als der Letzte, der sich mit mir angelegt hat."

„Du sprichst vom Helden?" „Oh ja, er war ein mutiger Held, aber auch Helden müssen ihre Grenzen kennen. Ich konnte ihn nicht passieren lassen." „Und da hast Du ihm das Herz verbrannt? Fast hätte er nicht überlebt!" „Ich freue mich, dass er gerettet werden konnte. Aber er hatte sich nicht genügend auf diese Grenze vorbereitet." „Wie kann man sich denn auf diese Grenze vorbereiten?"

Der Dunkle Drache sprach mit seiner Tsunge in dunklen Farben von Religionen und Bräuchen, wie man sich auf den Tod vorbereiten kann. Es gab wohl mehr Riten und Traditionen als Sprachen und Kulturen zu diesem Thema. Mitten in all diesen dunklen Farben erschienen immer wieder auch hellere Farbtupfer, die das Leben inmitten des Todes andeuteten. Wenn man sich dem Tod rituell näherte, verlor er viel von seinem Schrecken.

Die Königstochter dachte versonnen nach. „Dann bist Du der Wächter dieser letzten Grenze, Dunkler Drache? Du hütest Wanderer davor, unbedacht den Weg ins Totenreich zu gehen, und Du hütest Verstorbene davor, sich unbedacht in das Leben einzumischen? Dann bist Du ja gar kein böser Drache, sondern ein guter Diener unseres Königreiches?"

Der Dunkle Drache sah immer noch sehr mysteriös aus, aber nicht mehr ganz so bedrohlich. Hatten ihre Worte ihn besänftigt? Er antwortete nicht direkt auf all ihre Fragen.

Aber er erklärte ihr das Wichtigste: „Es gehört Mut dazu, gegen einen Drachen zu kämpfen. Aber es gehört noch mehr Mut dazu, sich einem Drachen zu stellen und seinen Rat anzunehmen. Sag Deinem Helden, dass ich ihn gerne passieren lasse, wenn er eines Tages bereit ist. Und auch Du darfst gerne passieren, nachdem Du meinen Rat gehört hast. Wenn Du bereit bist."

Auf einmal hatte es die Königstochter gar nicht mehr eilig, die Grenze zu überschreiten. Sie dankte dem Dunklen Drachen und folgte dem Esel, der froh war, die Grenze, den Drachen und den Kamm verlassen zu könne und den Rückweg anzutreten. Bald merkte sie aber, dass es den Esel gar nicht zum Einsiedler zurück zog.

24 Die Tsunge in den Ställen

Vielmehr zog es ihn hinab in die Weidegründe der Rinder und Schafe. Unterwegs traf sie den Helden, der dem Adler folgte und dem Feldmarschall, der von einer Forelle geführt wurde. Offensichtlich hatte der Einsiedler den Adler, die Forelle und den Esel genau instruiert, wohin sie die drei zu führen hatten.

So kamen sie zu dritt mit ihren Begleitern an einen Schafstall, über dem ein heller Stern leuchtete. Merkwürdig, dass nur ein paar Hirten und die drei von dem Licht hergeführt wurden. Es müsste sich doch herumgesprochen haben, dass in dieser Einöde etwas Besonderes geschah, nicht nur bei Fischen, Vögeln und Nutztieren wie Eseln, Rindern und Schafen. Manchmal waren wohl die Menschen die letzten, die etwas mitbekamen.

Als sie den Stall betraten, erkannten sie, dass hier offensichtlich vor kurzem ein Kind geboren worden war, das jetzt noch in der Futterkrippe lag. „Was für ein ungemütlicher und rauher Platz, um das Licht der Welt zu erblicken!"

„Wie können wir dem Kind den Start ins Leben wohl erleichtern?" Der Feldmarschall brachte ein paar Münzen aus der Schatulle des Meereskönigs mit, der Held brachte ein paar wertvolle Duftkörner aus der Heilkiste des Hofmagiers, doch die Königstochter hatte nichts anderes als die Möhren aus dem Garten des Einsiedlers dabei. Und so schenkten sie dem Kind Gold, Weihrauch und Möhren.

Die Tsunge des Stalls malte verschiedene Bilder über die Vergangenheit, Gegenwart und Zukunft des Kindes. Die Königstochter sah eine Rose, die aus einem Wurzelstock erblühte. Der Marschall erblickte, wie das Kind auf dem Wasser wanderte. Und der Held war sich sicher, dass das Kind irgendwann den Dunklen Drachen zähmen würde.

Erst dann fiel ihnen ein, dass sie noch gar nicht wussten, wie das Kind denn heißen würde. Sie fragten die Eltern. Diese antworteten schüchtern. „Der Name des Mädchens ist …" Der Name ging leider im Tumult unter. Denn die drei hatten mit allem Möglichen gerechnet, nur irgendwie nicht damit, dass der Neugeborene ein Mädchen sein könne. Das war doch unmöglich das

ENDE

Natürlich nicht. Das war erst der Anfang.

Der Held im Hain

Ich bin Joachim, der Held, der in diesem Königreich zwischen den drei Grenzen lebt. Die Grenzen im Wald, im Meer und auf dem Kamm werden von treuen Wächtern sicher bewacht. Und dahinter leben gute Freunde. An die Grenzen komme ich seit meinem Drachenkampf kaum noch und meine Freunde sehe ich nur noch selten.

Manchmal besuche ich den großen König, lieber aber noch die schöne Königstochter, die inzwischen viel Hoffnung, Mut und Zuversicht bewiesen hat. Wenn ich nicht gerade mit meiner Frau scherze oder meinem Kind den Weg ins Leben weise, besuche ich aber am liebsten den Heiligen Hain.

Der Hain ist auf keiner Karte verzeichnet. Ich muss eh mal mit den faulen Kartographen des großen Königs sprechen. Auch die Grenzen im Wald, im Meer und auf dem Kamm sind so schlecht gezeichnet, dass es immer noch ein waghalsiges Abenteuer ist, sie überhaupt zu finden. Vielleicht werden die Karten irgendwann besser.

Aber der Heilige Hain wird sicher nie auf einer Karte verzeichnet sein. Jeder, der ihn sucht, wird ihn finden. Doch wer ihn geraden Wegs anstrebt, wird an ihm vorbeilaufen, so viel ist sicher. Der alte Druide konnte mir das auch nicht verständlicher erklären.

Der alte Druide ist mein Freund. Das glaube ich jedenfalls. Ich kann mir nicht vorstellen, dass jemand, der den Heiligen Hain findet, nicht sein Freund ist. Da muss es irgendeinen Zusammenhang geben. Der alte Druide und der Einsiedler sind sich dabei ähnlich. Nur dass der Einsiedler auf dem Berg über den Dingen zu stehen scheint, der alte Druide im Hain aber neben den Dingen.

Aber was kümmern die beiden schon die Dinge? Sie interessieren sich viel mehr für Erfahrungen und Gefühle. Sie sprechen wenig darüber, doch wenn sie zuhören, merke ich, dass sie verstehen, was ich ihnen sagen will. Ich habe Zeit gebraucht, um mit meiner Tsunge das ausdrücken zu dürfen.

Und ich habe noch mehr Zeit gebraucht, um zu merken, dass jedes lebendige Wesen, jede Umwelt und jede Zeit ihre Tsunge hat. Man braucht Zeit, um sie zu hören und zu sehen.

Und das geht nur im Hier und Jetzt. Jetzt, das ist die Zeit, um zu hören, zu sehen und zu leben. Und hier, das ist das Königreich zwischen den drei Grenzen im Wald, im Meer und auf dem Kamm.

Kein noch so großer Drache kann diese Zeit und dieses Königreich wirklich besiegen. Kein Drachenfeuer kann daran etwas ändern.

Ich bin Joachim, der Held, und ich lebe im Hier und Jetzt.

Erschienen in der Edition Limitkunst

von Joachim Salmann:

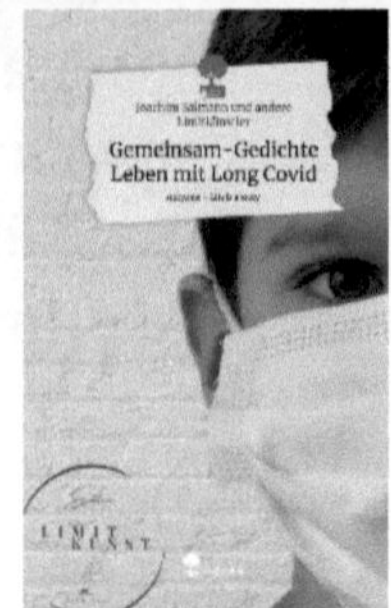
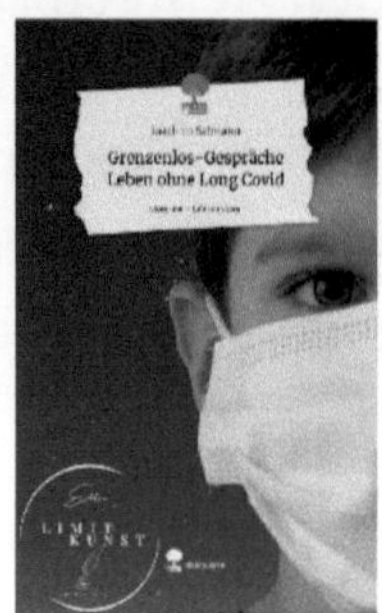

mit Beiträgen von Joachim Salmann:

Erschienen in der Reihe Der Kleine Hai
von Joachim Salmann: